나무출판 원고지

KB196368

나의
행복문서

나남
nanam

나남시선 99

나의 행복문서

2024년 12월 2일 발행
2024년 12월 2일 1쇄

지은이 　　　남찬순
캘리그래피　권혁영
발행자 　　　趙相浩
발행처 　　　(주) 나남
주소 　　　　10881 경기도 파주시 회동길 193
전화 　　　　(031) 955-4601(代)
FAX 　　　　(031) 955-4555
등록 　　　　제 1-71호(1979. 5. 12)
홈페이지　　http://www.nanam.net
전자우편　　post@nanam.net

ISBN 978-89-300-1099-3
ISBN 978-89-300-1069-6(세트)

책값은 뒤표지에 있습니다.

나남시선 99

나의 향복문서

남찬순 시집

나남
nanam

자서自序

이 길로 가면
어디로 가느냐고 물었다.
대답이 없었다.
오늘 또 물었다.
대답이 없다.

2024년 가을
남 찬 순

나남시선 99

나의 항복문서

차 례

2부 그림자 뒤에 두고

3부 아무것도 아닌 것이 아닌

4부 혼자 푸르렀다네

1부

앞산에 바람 쉬어갈때

망각의 길

내 심상에는 색 바라고 귀퉁이 찢어지고 손때 묻어 있는 푸른 날의 사진들이 놓여 있다네.

콧물 훌쩍이며 돌아다니던 그 운동장 뒷동산에 가 봐. 등껍질 몇 번 벗겨져도 따가운 줄 모르고 씨름판 벌리던 그 강변 모래밭에 가 봐.

나뭇잎 푸르고 햇볕 온화하던 날 팔베개하고 가슴앓이하던 그 5월의 캠퍼스는 어때.

마음이 물들 때면 얘는 누구지, 언제였지. 한 장 한 장 눈길 주던 누런 사진들.

잊는 것도 잃어버리고 가는 것도 모르고 하얀 깃발 흔들며 홀로 걸어가는 망각의 길. 항복의 길. 부디 달빛 한 줄이라도 비춰 주십시오. 봇짐 속 사진 꺼내 들고 웃으며 가고 싶습니다.

거기, 마을 있나요

가을 산 붉은 무릎 감고
뱀처럼 기어가는 낙동강
물새들이 하얀 깃발 흔들며
함께 따라간다.

저 강줄기의 고향은
소백산맥 어느 계곡일까.
나는 언제 이 아득한 먼 길
흘러온 것일까.

모래밭 끼고
숲을 가로지르며
묵묵히 떠나기만 하는 강.

이 길 흘러가면
다시 만날 수 있을까.
있는지 없는지
돌아오지 않는 그들.

거기 사람 사는 마을 있나요?
내가 갈 집도 지금
예약해 놓아야 하나요?

고개 넘어가는 구름 한 점은
대답이 없다.

그 길 갈 때

나는 알고 있네.
그대가 눈짓하지 않아도.

가을 해 지는 날이면
하늘이 가라앉는 소리를
새들이 몰려다니며
아우성치는 소리를
나도 듣고 있네.

내 마음은 이미
종이처럼 구겨지고
깡통처럼 오그라졌지만
그 길 가려면
그래도 더 비워야지.

풍경 소리 앞세우고
개울물 따라
쉬엄쉬엄 찾아가는 고향 산길.

가다 보면
또 눈물 고이겠지.
비우고 비우며
올라가야 하겠네.

올라가긴 어딜 올라가

돌담에 긴 그림자 새겨 놓고
가 버렸다.
대낮 같던 달밤
여보 이제 올라갈라요,
손 흔들던 그이.

이웃집 할머니는
고향 집 뒷산에
추석 달 늘 걸어 놓고 지냈다나.

동짓달 어느 날 안동포 곱게 입고
홀로 봇짐 싸
뒤따라간 지 수십 년.
올해도 성묫길에 그 할머니 만났다.

"혹시 그분…"

"아직 못 만났어."

고개를 돌린다.

"올라가긴 어딜 올라갔겠어?
태백산 벼랑길에서
산돼지처럼 죽었겠지."

귀향

누구에게나 되돌아가고 싶은
옛날이 있지.
손 내밀며 어서 오라고 끄는 것 같은
그런 옛날이.

되돌아갈 수 없는 길이라고
마음 버리면
당신의 밤은
무슨 의미가 있는가.

끊임없이 뒤돌아보며 가는
저 강물 보게.
꿈길로 흘러가는
저 노을 젖은 강물을.

길

지나온 길은 되돌아갈 수 없네.
산마을은 멀어질수록
더욱 가깝게 달라붙고
젊은 날은
자꾸 나를 향해 손짓하네.

비틀거린 발자국들만
화석처럼 새겨져 있는
바윗길.

저 길로 가면 꽃구경이라도 하는가.
가서, 손을 펴 보면 부푼 욕망만
독버섯처럼 피고 있을 것이네.

내 앞에 놓인 길은 한 뼘인데
망령은 남은 삶을 미끼로
마지막 도박을 하라고 하네.
욕망의 사슬로
투기꾼처럼 몰아붙이네.

가는 대로 끌려갈거나?
이 자리에 그대로 머물고 싶다.
때가 오면
내 푸른 날 다시 찾아가
눈을 감고 싶네.

파랑새야, 꿈길 고향으로 가자

1

불빛 춤추는 광장, 절벽 같은 빌딩 골목에 달빛이 하얗게 깔렸네. 옷 보따리 둘러메고 고향 간다. 산이 산을 넘고 또 산이 산을 넘으면 솔숲 언덕바지에 초가지붕 대여섯 머리 맞대고 있지.

2

집 뒤 허리 굽은 참나무에 올라타고 가물거리는 고갯길로 서울 가던 산골 아이입니다. 노을 지고 어둠 스며들 때는 잠결에라도 그 서울 버스 태워 달라고 빌었지요.

헌 판지로 만든 내 잠자리에는 붉은 털목도리 두른 파랑새 한 마리 눈 동그랗게 뜨고 앉아 나를 기다립니다. 이제는 꿈길로만 갈 수 있는 산 너머 내 고향, 어릴 적 그 마을로 다시 나를 데려다 준다네요.

3

그곳에는 눈꽃 날리는 벚꽃 터널이 십 리나 됩니다. 소 엉덩이 닮은 바위 언덕, 진달래 영산홍이 눈웃음치면 호랑나비 노랑나비가 해 저무는 줄 모르고 쫓아다니지요. 산으로 들로 콧물 훌쩍이며 모여 다니는 저 아이들, 유년의 우리들입니다.

한더위에도 발 시린 개울물은 새벽이 올 때까지 건반을 두드리며 콧노래 부릅니다. 반딧불이가 숲에서 나와 반짝반짝 모여들어요. 참새 떼처럼 재잘거리는 별들의 수다도 한번 들어 보세요.

단풍으로 물든 산비탈 밭가, 늙은 감나무가 어깨 구부리고 서 있어요. 감들이 주렁주렁 매달려 힘에 부친대요. 먼 산등성이에 걸린 구름 한 조각이 마음에 걸리는지 또 고개를 듭니다. 재 넘는 하늘길이 오가는 철새들로 붐빈다네요.

이맘때 내 고향은 하얀 이불 포개 덮고 있을 겁니다. 소백산맥 넘어온 바람도 허리 펴고 잠시 쉬고 있을 겁니다. 저녁연기가 잔잔하게 깔리겠네요.

4

광장에는 겨울비가 치근거리고 칼바람이 회초리 소리 내며 빌딩을 도려낸다. 마지막 열차도 떠난 텅 빈 지하도. 싸락눈처럼 쌓이는 하얀 불빛을 밟으며 밤이 깊어간다. 떠나야 할 시간이다.

꿈길 나서면 언제나 가슴이 뛰고 눈물이 쏟아지지. 오, 그대 나의 오직 하나 희망 파랑새여! 가자. 어릴 적 내 뛰어다니던 마을로 어서 나를 데려가 다오.

늙어 가는 가을 노래

무릎 꿇고 콧수염 찡긋하며
내 얼굴 빤히 보더니
빈손 눈치 챘는지
야-우웅 하며 일어서려던
너와

슬리퍼 끌고
담배 한 모금 빨아들이며
세상 다 얻은 듯
허리 펴고 서 있던
나와

둘이
아파트 담 옆 풀섶에
쪼그리고 앉아
주고받은 이야기
늙어 가는 가을 이야기.

너는 허기진 배 움켜쥐고

나는 아픈 허리띠 조이는
노랫말도 박자도 서로 다른
늙어 가는 가을 노래.

돌로미티에서

삼지창 같은 봉우리들이
하늘을 떠받치고 서 있는 그곳.
산허리 감고 돌아가는
아득한 고갯길에는
땀에 젖은 사람들이
꾸역꾸역 줄지어 올라간다.

구름 두른 수천 길 바위산은
골마다 흰 수염 늘어뜨리고
오직 침묵
빙하기의 수행이 끝나지 않았다네.

빨강 파랑 노랑 하양 풀꽃들이
하늘 그림자 들락거리는 언덕바지에서
아기처럼 웃으며 맞이하네.
이 한 철 나들이는

* 돌로미티는 이탈리아 북부의 알프스산맥 지역을 말한다.

애잔한 생명의 현시顯示라네.
고개 숙이고 함께 웃었지.

초원으로 둘러싸인 저 마을에도
교회 종탑이 서 있네.
먼저 간 사람들도 내려와
함께 기도하는가.

멀리 내려다보이는 손바닥만 한 호수는
산봉우리를 품에 안고 있다네.
숲속으로 몸을 숨기네.

저렇게 아름다운 세상 뒤에 두고
하늘로 가는 길
나무 한 그루 없는
이 길 같을라나.

나는
비탈진 바위에 걸터앉아

유한有限과 무한無限의 길을
망연히 떠올리고 있네.

천둥소리

나는 지금 창문을 내다보며
번개와 천둥 사이의
시간을 재고 있다.

하늘이 시퍼런 칼날에
난도질당하고
숨죽이던 도시가 화들짝
경련을 일으킨다.

멱 감고 오다 저 번갯불 천둥 만났지.
벼락 맞아 허리 잘렸다는 미루나무 길
다가오는 발걸음 소리가
앞산을 쿵쿵 찧을 때
새파랗게 질려
논두렁 밑에 숨었던 아이.

이제는
그 소리 덮치더라도

눈 똑바로 뜨고 묻겠다.

"부음 한 장 날려 놓고
어디든 따라만 가면 됩니까."

어미의 길

나무는
누더기 된 잎사귀들 보아도
눈길 줄 틈이 없다.

가지에 하얀 눈 쌓이고
까마귀 울 때는
창틀 붙들고
하늘아, 하늘아 소리도 쳤지.

시린 마음 얼음에 문지르며
걸어온 어미의 길.

입술 깨물며 고개를 넘어
또 그 길을 가야 한다.

세상에 다시 온 할매

한세상 홀로 헤쳐 온 설움
아랫목에 그대로 덮어 둔 채
구십 고개 힘들게 넘어온
태봉* 할매.

그래도 "살 만큼 참 잘 살았다"며
옷 한 벌 남김없이 휘휘 손 흔들고 떠나더니

뒤틀어진 사립문 옆에
혼자 서 있던 할매.
"뭐 하러 다시 내려왔소?"
"세상이 너무 그립고 궁금해서."

이제는 흔적 없는 집
현기증 나는 저 빌딩 사이
길이나 잘 찾으실까.

* 경북 상주시 함창읍에 있는 마을.

소리 한 번 질렀지

가까운 길인데도 아득하고
곁에 있어도 멀리 보이네.
반기는 손짓은 저 앞에 있어도
가 보면 다다를 수 없는
그곳.

내 그리움이
무덤가에 흩날리던 봄날.

돌아설 때도
아들 발걸음 잡지 않고
먼발치에 서 있는 어머니.

다시 찾아올 날만 약속 걸고
소리 한 번 질렀네.

어머니,
큰아들 왔다 가요!

그곳에 가면

서울 남산에 있는 위안부 '기억의 터'에서

그곳에 가면
너는 울지 마라.

피맺힌 한 생애야
백발 머리 맞대고
한 올 한 올 꿰매 놓았지만
가슴속 묻어 둔 이야기는
허명虛名에 출렁거리고

무명옷 흥건히 적시던 눈물
고운 얼굴 찢어 놓던
그 눈물조차 바람에 실려
함께 껴안을 수 없으니

울컥울컥 울음 치솟아도
몰래 삼키며
비석처럼 서 있다 그냥 가거라.

오백 년 느티나무 손가락질하는

총독 관저 저 허망한 빈터
더럽혀진 역사를
누구 탓만 할 수 있겠느냐.

혼자 통곡하며
오솔길 찾아 내려가거라.

스님의 봄날

산길 십 리 굽이굽이
눈밭 헤치고 찾아오더니

법당 옆 산수유는
열나흘 늦은 달밤
뜸부기 울음 따라갔다 하고

추녀 끝 숨어든 솔바람은
옷깃 스치는 소리도 없이
바위산 큰 재 넘어갔다 하대.

홍매화 진달래 개나리도
저렇게 법석 떨지만
묵은 정 곧 마다하고
하루아침에 등 돌리겠지.

한나절 햇볕에 졸다가
하품 서너 번 하고 나니
일주문 밖 느티나무에는

까치가 둥지 틀었다고
오며 가며 야단이네.

조금 남아 있을라나.
곳간 속 뒤져
좁쌀 한 주먹이라도
보내야겠구먼.

연산홍아

울 어머니 모시고 왔구나.
참 곱다며 허리 굽히다 넘어져
너의 손잡고 떠나셨던 분.
아파트 벽에 기댄 목련
봉오리 틀 때면
해마다 먼 길 마다 않더니
올해도 잊지 않았구나.

며칠 전 햅쌀 같은 얼굴 들고
입술 뾰족 내밀더니
이렇게 활짝 피어
함께 손잡고 왔구나.

아직도 나는 모른다.
네가 사는 곳은.
어느 먼 동산에
볕 따뜻하게 드는 고향 집 있어
울 어머니 모시고 지내느냐.

올봄도 여기가 네 고향인 듯
지내다 가거라.
다하지 못하는 내가,
내가 무슨 말을 너에게
더 할 수 있겠니.

죄송합니다

"어머니 이제 서울에서 모실게요."
"여기가 더 편하다."

마음에 없는 말인 줄 알면서도
혹시 그러신가,
차창을 내다보며
불편한 심사 애써 가라앉히곤 했지.

먼 길 떠나시던 날
막혀 버린 내 가슴은
아직도 뚫리지 않았다.

이봄 할아버지

너희들에게 잘해 주지 못해
미안하다.
내 목숨 더 끌 생각 말아라.

하나님께 가는 길은
어디든 괜찮다.
하늘이 참 곱구나.
행복하게 잘 살다 오너라.

이제 부르신다.
축복해 다오.

좋은 수의 입고 간다고
좋은 인생 산 것이 아니라며

산책길 나가시듯
차림도 없이 떠나신
이봄 할아버지.

혼자 봄놀이 가네

불 꺼진 가게 앞
삐걱거리는 널빤지에 걸터앉자
나뭇가지 사이로 찢어진 달을
바라본다.

텅 빈 장터 하늘에
열사흘 달이 흘러가면
초등학생 나는 찰랑이는 물결 따라
밤하늘 날아다녔지.

풀벌레들 발걸음 소리
낙엽 속삭이는 소리
이슬 구르는 소리
내 나이 늙는 소리

떠날 때는
내 옷소매 잡는 사람 없어도
괜찮네.
열사흘 달 물결 소리 들으며
혼자 봄놀이 갈 걸세.

이십 년은 더 살고 싶네

병상의 어머니는
빨리 죽어야 자식들 고생
덜 시킨다고 하셨지만,

오래 사는 게 아무리
죄짓는 일 같아도
내 생애 마지막 축복 하나
배낭에 챙겨 푸른 산 가려면
한 이십 년은 더 살아야겠네.

휠체어 겨우 타서라도
마음 한 가닥 붙잡고
반드시 볼 것이네.

올해 세 돌 지나는 손녀
웨딩드레스 입은 모습을.

2부

그림자 뒤에 두고

그대는 떠나가고

저 전화벨 소리가 너의 것이고
너의 속삭임이
내 귓가에 와 있다는 걸 알아도
이제는 받지 않겠다.

네가
물결에 출렁이는 낙엽처럼
갈 곳 잃어 풀섶에 엉켜 있어도
갈 곳 없어 바위틈에 끼어 있어도
나는 너를 더 이상 만나지 않겠다.

전화를 걸어 달라 걸어 달라 하는
내 바람이,
우연이라도 한번 마주치게 해 달라는
내 기도가,
산골 안개처럼
얼마나 허망했던 것인지.

너에게 꼭 전하고 싶은 말은

이 방에서
절대로 나가지 않겠다는 것이다.

내 전화는 내 팔다리처럼
언제나 내게 붙어 있고
책상 앞에 서 있는 너의 손 글씨는
점점 더 또렷하게 걸어 나오고

자그마한 바람 소리에도
선뜻 창가로 다가가 보지만

못 잊을 그리움도
잊는 것으로 삼키고 삼키며
잊은 것으로 하겠다는 것이다.

송추의 겨울 노래

산등성이 휘감던 격정도
또한 한때였다.

인적 없는 오솔길
서로 껴안고 있는 가랑잎 위로
햇살이 미끄러지는 오후.

나는 싸락눈 더덕더덕 붙어 있는
의자에 앉아
계곡의 얼음장 밑
속삭이는 말을 듣는다.

들창으로 세상 훔쳐보고 있는
눈망울들
기다림이 희망이라네.
봄날은 다시 온다네.

갸우뚱거리다 가 버리는 산새야.
그래,

내 주머니에는 아무것도 줄 것이 없다.
빈 주머니다.

저 솔밭 굽이 하얀 길
사라지는 그 사람의 뒷모습을
몇 번이고 지우고 지우지만
또 못 지우고

윙윙 회초리 맞으며
이렇게 앉아 있을 뿐이다.

이제는 더 기다릴 수 없네

한강은 창문을 굳게 닫고
말 한마디 없다.

꽁꽁 언 얼음 위로 돌을 던진다.
한참 굴러가더니 오도카니
뒤돌아본다.
또 던진다.

나는 더 이상 기다리지 않겠다.
창문의 커튼을 내리는 일도
다시 올려 밖을 보는 일도
쓸쓸한 돌팔매질일 뿐이니.

청산에 마음 굳게 닫고 있는 사람
이제 내가 찾아갈 것이다.
가는 길 눈비 내리겠지.
칼바람도 불겠지.
하늘이든 땅이든
어디든 물어물어 찾아갈 것이다.

하얀 항아리

하얀 항아리를 앞에 두고도
눈물이 나오지 않았다.
씽긋 웃는 모습이
항아리 싼 보자기에
오롯이 번지고 있어도
내 눈물은 바짝 말라 있었다.

언제였던가,
함께 올라간 백두대간의 초여름
눈앞에 펼쳐진
싱그러운 산줄기만 아른거렸다.

내 배낭까지 앞뒤로 메고
굽이굽이 산길 앞장서 올라갔던
한세상 친구
참으로 모를 일이네.

하얀 가루가 바람에 날려가
더 이상 날아갈 것이 없는

그 순간
우리는 영원히 헤어지는가.

산등성이 하늘은
아직 파란 물결 출렁이는데
하루아침에 봇짐 싸서
어디로 급히
가는 것이냐고.

하얀 항아리 앞에서
수없이 묻기만 했다.

그대로 두었네

연락할 일이 있을 것이다.
찾아올 일이 있을 것이다.

산속 깊숙이 들어갔다가
도회의 그늘에 묻혔다가
혹은 고향 집에 머물다가
손 흔들며 나타날 것 같아,

웃는 목소리 고여 있는
전화번호를 지우지 않았다.
하늘에서 내려다보며
섭섭해할까 싶어서.

없어진 것이 아니라
우리는 잠시 헤어진 것.
나도
전화 걸 날이 있을 것이기 때문에.

안부

너와 나는
눈밭에 나무들 듬성듬성 박혀 있는
산등성이를
곰 발자국 내며 올라갔다.

얼굴 할퀴는 바람에도
가파른 바윗길에도
가쁜 숨 함께 나누던
소백산 줄기 길.

창밖 성당 언덕에
빗자루처럼 쓸고 지나가는 바람
눈가루가 안개처럼 흩어진다.

소나무에 실린 잔설이
묏바람에 날리던
그 청춘의 겨울처럼.

긴 세월도 뒤돌아보면

한순간이지.

종탑 옆에 혼자 서 있는
저 친구.
인연 싹둑 자르고 새벽길 떠난
저 친구.

여보게,
잘 지내시는가?

그렇게 쉬운 일이었니?

줄 끊겨
창공으로 사라진 연처럼
온갖 인연 싹둑 자르고
먼 하늘로 가 버리는 것이
너는
그렇게 쉬운 일이었니?

꽃잎 하나도
몇 날 며칠을 간다, 간다 하며
떨어지는데
너는
남긴 말도 한 마디 없구나.

낯선 사람이
가자고 할 때
너의 속마음은
어떠했니?

긴 세월 휴지처럼 버리고

하루아침에 떠나더니
지금도 그곳에서
하얀 가운 입고
책상 앞에 앉아 있니?

소송 중일 거다

몇 달 동안 소식이 없는 친구에게
전화를 걸었더니 기어드는 목소리로
병원에 누워 있다고 했다.

무슨 잘못을 저질렀기에
자기에게 이런 형벌을 내리느냐며
억울하다고 목소리를 높였다.

자신만만하게 살아온 인생
어느 날 느닷없이 불청객이 찾아와
수갑을 채우고 "가자" 말하면 …

그 친구는 몇 년이 지난 지금도
소송 중일 거다.

승소한 사람은 예수님
오직 그 한 분뿐이라는데.

졸업여행 가자

잘 가라.
육지로 가는 뱃길 뒤로하고
우리는 손 휘휘 저으며
먼 바닷길 여행 떠났지.

푸른 캔버스의 하얀 섬길
동백꽃 머리띠 어깨띠 두른
다도해 길이
한평생 눈앞에 아른거리더라.

친구들아
우리 다시 졸업여행 가자.
먼저 간 그리운 녀석들
내가 연락하마.
누런 앨범에 주소 있겠지.

저 노을 사그라질 때면
우린 은하의 강변을 지나
별꽃마을 계곡을 지나

또 졸업여행 간단다.

잘 있거라
정든 세상아.

요즈음 살이

아지랑이 기억과 씨름하는 일
컴퓨터 만지다 혼자 화내는 일
빨간불 깜박이면 병원 챙기는 일

없던 일 부쩍 늘어
돌멩이 괜히 발로 차는
그렇고 그런 하루지만

아직도 낮술 모임 있고
기원에서 오후 내내 머리 싸매다가
어느 날 창밖 색깔이 바뀌면

벌써 그런가.
한강 공원에 슬쩍 나가 보고

시간 헛발질하지 않으려고
일주일을 하루같이
바쁘게 산다고 말하지.

새벽 새소리 들리면
또 빈 시간 쌓아 두기 시작하면서.

또 하루가

희끗희끗한 언덕 빙판길이
아파트 사이로 숨었다가
다시 내려왔다.
비상등 켠 차가
거북이처럼 기어 나온다.

아침 해가 머리를 내민 것 같지만
얼굴은 아직 보이지 않는다.

지각하지 않으려고 택시 타서
월급 뭉텅 뜯겼다고
하루 종일 기분 언짢았던 날도
이맘때 빙판길이었지.

넥타이에 매여 끌려갈 일도
바삐 엮일 일도 없으니
창문 몇 번 열다 보면
오늘도
빈 주막 들린 바람처럼

지나갈 것이다.
지나갈 것이다.

꿈 한 토막 줍네

오늘 아침도
슬그머니 내 방에 들렀구나.

더도 덜도 아닌 듯
말없이 앉아 있다가
더도 덜도 아닌 마음으로
옷깃 거두며
창밖으로 사라지는 햇볕.

인연 같은 끈
굳이 챙기지 않아도 돼.
강마을 에워가는 바람처럼
산마루 넘어가는 구름처럼
가는 길 그냥 따라가는 거야.

의자에 다리 펴고 누워
이 생각 저 생각 지우다가
꿈 한 토막 거저줍는
봄날 아침.

봄날 꿈

한강에 나와 봄 햇살 쬐며
마른 잔디 쪼는
참새들의 입놀림을 보고 있다.
어떻게 잔디 속살만
저렇게 풋나물 다듬듯 챙길까.

퍼질러 앉아
시간 가는 줄 모르는
저들의 수다도
혹독했던 겨우살이
우리네 애기와
다르지 않겠지.

실눈 뜨고 있다가 깜박해
내 어느 머나먼 봄날
조잘거리며 흐르던
개울물 따라갔더니

앞산 밑 강변 둑에

연분홍 찔레꽃
하얀 찔레꽃
서로 얼싸안고 뒹굴며 놀데.

사랑 그리고 마무리

책꽂이 구석에 미라가 된 책
삼십 년 동안 외면했다.

바스락거리는 책장을 넘긴다.
"마무리 준비를 하고 있는가?"
노인*이 묻는다.
"아니요. 아직 이 세상과
잘 어울려 지내고 있는 걸요"

그때가 오면
거미줄처럼 감겨 있는 연줄
다 걷어 버리고
훌훌 빈손으로
떠나겠다고 말했지만

* 헬렌 니어링(Helen Nearing, 1904~1995)의 에세이 《아름다운 삶, 사랑 그리고 마무리》(보리, 2022)에 나오는 스콧 니어링(Scott Nearing, 1883~1983). 그는 헬렌과 함께 살다가 100세가 되자 '우아한 죽음'을 선택, 단식으로 스스로 목숨을 끊었다.

아니네.
아내와의 인연은
세상살이 기념품으로
꼭 감춰 가야겠네.

"당신도 평생 찾아 헤매던 그 세상
다 접어 두고
헬렌과의 사랑만 챙겨서
떠났잖아요."

늙은 나무의 참회록

산 그림자 뚜벅뚜벅 내려오는 언덕 흙담 옆에 잿빛 머리 날리는 나무 한 그루가 지팡이 짚고 앉아 있습니다. 구름은 이미 황금테 빛을 잃었고 하늘과 땅 사이에는 바람에 일렁이는 어둠뿐입니다.

오솔길로 간간이 넘어오는 산사山寺의 뻐꾸기 울음은 죽어도 당신 곁을 떠나지 않을 거라던 순백의 사랑. 밤하늘 빈자리에 떠도는 그 사람의 노래입니까.

온몸으로 막아서던 그 사람의 절규를 비수같이 등 뒤에 꽂고 문 박차며 나온 그날, 한때 분별없는 분노였습니다. 풀린 넥타이처럼 방황한 인생. 모든 것이 되돌아올 것이라 믿었지요.

한평생 마음 뒤편에 웅크리고 있는 그리움입니다. 황량한 벌판에도 멀리 별빛 마을이 있겠지요. 만나 주기만 한다면 깊이 간직했던 미안하다는 말, 꼭 해야겠습니다. 당신은 문고리를 잡고 지나간 삶이 서러워 입술을 깨물겠지요.

일어섭니다. 이제 종착역에 짐을 내려놓으려고요. 무릎 꿇고 용서를 구하겠습니다.

에피소드

우리 둘은 모래밭에 앉아 쉼 없이 안기려는 파도만 바라보고 있습니다. 하얀 물결이 수없이 다가와 아는 척해도 우리는 떨어져 앉아 침묵합니다. 할 말은 차오르지만 쓴 약처럼 속으로 삼킵니다.

굳이 누구의 잘못도 아닙니다. 몇 시간 동안 감정의 찌꺼기가 막혀 있는 탓입니다. 엉킨 생각들이 모래밭에 밀려온 바다풀처럼 우리 사이에 걸쳐 있을 뿐입니다.

해거름의 고운 파도는 밤빛이 들수록 거친 입김을 내뿜고 있습니다. 어둠은 짐짓 부드러운 미소를 짓지만 우리를 훔쳐보던 눈썹달은 어느새 커튼을 내렸습니다.

먼저 손을 내밀고 싶어도 그 손으로 잔돌만 더듬어 남태평양 먼바다로 던집니다. 오늘 밤도 바람은 창가로 다가와 내 촛불을 쉬지 않고 흔들겠지요. 이 나이에 묻어 있는 한 푼어치 자존심도 혓바닥을 자꾸 내밀겠지요.

먼저 일어섭니다. 따라서 일어섭니다. 돌아오는 모랫길에는 흐린 발자국 네 개가 남처럼 떨어져 따라오고 있었습니다.

가로등 숨어 있는 솔밭 오솔길이었습니다. 나무 계단 몇 개 오르며 나도 모르게 뒤돌아 손을 내밀었습니다. 조심하라고. 아내도 말없이 내 손을 잡았습니다. 봄바람에 실린 꽃잎 같은 미소를 지으며.

아내 칠순 날에

붉은 비단 감싼 노을 길 강가에 앉아
서로 얼굴을 보며
한 세월의 이력을 읽습니다.

지나온 곳을 손가락으로 꼽으며
마음속 좌표를 이어 봅니다.
댓잎 위의 물방울처럼 옛일들이
도르르 맺히고 떨어지고
또 맺히고 떨어집니다.

물길은 더욱 빨라져
한 달짜리 달력도 하루 달력처럼
찢어 냅니다.
내일은 언제나 문 앞에 서서
세월에 빚 준 것처럼

독촉하고 있고요.

당신의

그 미소 속에 깔린
주름살을 헤아려 봅니다.

한세상 인연이 그림이군요.
영원히 흘러가도
우리의 작업은 끝나지 않을 겁니다.
붓을 놓지 않겠습니다.

그 자리에 멈춰 다오

나는 내 안경이 없다.
아내가 물려준 안경뿐이다.

오늘도 아내는
한 달 전 바꾼 안경을 코까지 내리고
아침 신문을 뒤적이다가

팔딱거리며 생동하던 기사가
다 죽어 가듯 흐릿해지고
활자의 잔해만 늘어난다고
불평했다.

또 물려준다는 얘기지만
싫다.
안 받아도 괜찮으니
나보다 앞서가지 마라.
그 자리에 멈춰다오.

봄이 왔는데도

실비 홀짝이며
밤을 새웠다나?
새싹이 돋았고
꽃눈도 피어올랐다네.

나에게는
저들의 소곤거리는 소리야.
들릴 리 없지.

동사무소 지붕에 앉은
비둘기 몇 마리
그 봄이 그 봄이라며
바쁜 출근길 지켜보듯

굳어 버린 물감 문질러
아침 안개만 칠하고 있네.

매미 소리

그 여름 매미들은
산골 계곡을 찢어 놓더니
법당의 목탁 소리 들리자
목청을 낮추었다.

동네 형 따라 숨 몰아쉬며
올라갔던 운암사雲巖寺*

산초나무 향기 배인 나무통 타고
졸졸 내려오던 샘물
아, 그 첫 한 모금

그제야 눈길 마주친
먼 바위산.
햇볕이 작열하던 봉우리는
왜 오라고 우리에게 손짓했을까.

* 경북 문경에 위치한 사찰.

매미 한 마리
아파트 방충망에 붙어
운암사 얘기 한바탕 늘어놓더니
또 다른 여름으로 홀연히 가 버렸다.

내가 몰랐다

가을이 오면
마로니에 그늘에는
늘 네가 서 있다.

너는 나에게 마음이 없고
나도 그런 너에게
마음이 없다고 했지.

서로 등 돌리고
몇 걸음 가다가
눈물 고여 뒤돌아본
붉은 벽돌 강의실 앞.

마로니에 아래
그림처럼 서 있던 너와
눈길이 마주칠 때
너는 손을 반쯤 들고
고개를 숙였지.

그리움은
해마다 빈 가지 찾아오는
바람인가.

내 흐릿한 기억 속에는
아직도 고개 숙인
그날의 네가 서 있다.
너의 속마음을
몰랐던 내가 서 있다.

그 울음소리

어미 고양이인지 새끼 고양이인지
실 같은 울음소리.

지나는 가을바람
창 두드리는 소리에 실려
끊어졌다 이어졌다 하며.
밤새 들렸다 한다.

시골집 어머니 생각에
마음이 출렁거려
뜬눈으로 지샜다는 아내는
멀리 새소리 들리자
얼른 머리맡에 둔
전화기를 들었다.

나에게는 들리지 않던 울음소리.
아내는 내가
코만 요란하게 골더라고 하네.

내 모자다

이제 내 모자가 됐다.
그분의 유산이다.

한세상 넘치게 산 지혜가
다 내 것이 될 수는 없겠지만
내 것이다.

하루가 시작되면 언제나
그 모자를 쓴다.

길고 긴 세월 담아 둔
얘기를 듣는다.
그 지혜를 읽는다.

추석

내 어릴 적 친척 누나는
스무 살을 갓 넘기며
꽃다운 나이를 버렸다.

훔쳐 들은 말 조각 이어 보면
배신당하고 유산하고
그랬다는데.

그 나이에
배신? 그렇게 죽을 일이냐고.
임신? 그렇게 구박받을 일이냐고.
살아 있었다면
여든을 훌쩍 넘겼겠네.

고향에 성묘 갔더니
언뜻 스치는 갈래머리 모습.
옛집 찾아 먼 길 내려왔던가.
올해도 하루 종일
차례 상 설거지했던가.

청춘들아

10 · 29 이태원 참사를 생각하며

시월의 밤하늘에
하얀 옷 입은 젊은이들이
줄지어 가는구나.

가면도 벗고 화장도 지우고
은하의 강변길을
운명인 듯 가고 있구나.

밀대같이 짓누르던 좁은 통로
얼음장같이 조이던 시멘트벽
젊음이 압살당하던 그 길.

널브러진 유품들은
꽃 같은 손길 찾아 헤매고
전설이 되네,
못다 한 사랑은.

이 밤도
다 못 핀 청춘들은

은하의 강변을
줄지어 줄지어 가는구나.

제삿날

구십 넘은 할머니가
거울 앞 의자에 앉아
꽃을 다듬는다.
등 굽은 뒷모습이 반달 같다.

일 년에 한두 번 서울 나들이는
뒷동산 소풍 가는 날처럼 마음이 설렌다네.

손놀림 둔해도
하나하나 지우는 주름살에
한 세월이 활짝 핀다.

허리 아프다,
무릎 쑤신다는 말은
모두 잊어버렸다.

차 시간 됐다고 해도
입술 칠한다며
일어설 줄 모르던 할머니.

이번 제삿날도 좀 늦으실라나.
예쁘게 화장 잘하고 오시면
더 좋지.

산자락 연꽃아

산자락 연못에
목 꼿꼿이 들고 있는 연꽃아.

너의 마음은 너의 얼굴처럼
때로는 붉어지고
때로는 하얗게 되어
이다지 흔들리는구나.

한 뼘 물속 진흙밭에
뿌리 묻어 두고
혼자 몸부림치는 자존심.
구름 한 조각에 실린
너의 눈빛이 슬프다.

연꽃아
운명으로 곱게 피어난 얼굴
스스로 간직하고 지키는 일이
어찌 쉽겠느냐.

무거울수록 버리고 버리라더라.
모든 게 한 줌 바람
손바닥 펴면 없어진단다.

3부

아무것도 아닌것이 아닌

하미, 노래가 슬퍼

아침 라디오에서 흘러나오는
모차르트 피아노 협주곡.

세 살 안 된 손녀가
부엌에 있는
할머니 옷자락 잡고
느닷없이 하는 말.

"하미,
저 노래가 너무 서퍼"

아무것도 아닌 것이 아닌

방금 내 무릎 위에 놓인 종이 한 장은
납덩이같이 무겁다.
때 묻은 글씨는 읽지 않아도 된다.

나는
충혈된 시선과 맞부딪치지 않게
차창 밖을 보며
괜히 모바일을 꺼낸다.

옆자리와 벽을 쌓고
기도하듯 침묵하며
못 본 척 못 들은 척
그 불편한 공간에
한두 번 헛발질도 하다가
종이를 거두며 지나가는 뒷모습에
그제야 안온한 눈길을 보낸다.

누군가 종이 두고 내린 빈자리
다시 빈자리 되자

그 앞에 나무처럼 서 있던 젊은이도
불룩한 배낭을 벗고 앉는다.

옅은 그림자 깔려 있던
지하철의 흔한 일상
그러나 아무것도 아닌 것이 아닌,
나는 잠시 자유롭지 못했다.

단돈 천 원 보석금으로
한순간 구금을 때운 날이었다.

오늘 그를 만나면

동네 문화센터에서
같은 이름 발견하고 혹시나 했는데
수십 년이 지나도
한눈에 알 수 있었다.

서로 세월의 공백을 몰래 살피며
잔잔한 가족 얘기 나누어 보니

내가 나를 생각하는 것처럼
네가 너를 생각하는 것처럼
멀리 떨어져 지낸 시간도
우리는 모두 축복을 받았구나.

오늘 그를 다시 만나면
젊은 날의 거제도 앞바다에는
또 뭉게구름 피겠지만

나는
삼나무 늘어선 창밖

싱그러운 초여름 하늘을 내다보며
혼자 웃겠네.

산 넘고 물 건너다니는
내 옛 노래 흥얼거리며
돌아갈 수 없는 옛날의
향기를 맡겠네.

그늘

오월이 오면
그늘이 진다.
안개처럼 촉촉이 스미는
그늘이 진다.

가마득한 날인데도
지워지지 않는 회한
첫사랑의 그늘이
이렇게 긴 세월 남아 있구나.

교복 입고 처음 만난 교정
풋잎 향기 가득했던
한낮의 그늘

떠날 날 다가와도
지워지지 않을 그늘
내 젊은 날의 그림자여.

하늘의 문

한 순간 세상살이
얼룩도 구김도 많네.

성벽 너머 저 하늘은
곱기도 하지.

어느 구석에
내 얼굴 가리고 숨어 들어갈
쪽문이라도 있을까.
아멘.

6월의 광장

서울역에서 밀려오는 파도가
태평로를 덮치며
광화문 네거리에 쏟아졌지.

눈물가스가 아스팔트 위에
이불처럼 깔리면
빌딩 사이사이로 흩어졌다가
다시 함성을 지르며
대오를 맞추던 청춘들.

사십 년 전 어느 날의
내 취재 노트에는
경찰버스 안에서 허기를
때우던 같은 또래 전경들
그들의 엇갈린 얘기도
함께 실려 있는데.

이제는 어디선가 모두
격정의 날들을 되돌아보며

푸르던 나이를
노을에 적시고 있겠지.

시청 앞 광장도
6월의 싱그러운 바람결에
짐짓 책장을 덮네.

또 오겠습니다

거울 같은 하늘 길이었지.
꽃신 신고 찾아간 고향.

앞산 개울 밤나무골,
비탈밭 과수원.
여기가 거기였지,
저기가 거기였지.

하얀 기억 더듬어 보아도
불타는 골짜기마다
꿈틀대는 자동차 행렬뿐.

간판으로 덮인 마을 어귀
차표 팔던 옛 정류장 터에는
손 흔들던 어머니만
아직도 서 있네.

또 오겠습니다.

저 작은 어선을 보라

하늘인가, 바다인가
가물거리는 수평선.

아침 햇살 가득 싣고
미끄러지듯 다가오는
저 작은 어선을 보라.
잘게 부서지며 따라오는
하얀 꼬리가 눈부시네.

갈매기들이 마중 나가
원무圓舞 하는 해운대 포구.

등불 하나로 지새운
먼 남녘 바다 얘기는
듣지 않아도 된다.

햇볕 깔린 물결 위로
깃발 흔들며 들어오는
저 작은 개선장군의
빛나는 모습을 보라.

가을꽃

비틀어진 줄기에
이파리 펴들고
봄인 듯 여름인 듯
입술 칠해도
꽃망울 맺히지 않던 꽃.

오늘 아침에는
혼자 창밖을 내다보며
마른 눈물 흘리길래

또 저렇게 가는구나.
일어서려는데

어? 가지 끝에 숨 쉬는
좁쌀 같은 진주알 하나
늦가을 햇살에
눈부신 진주알 하나.

결투

선배와 함께 온, 나를 아는 척하는 늙은이
기억이 나지 않았다.
"나, 누구…"할 때
"아, 너…"
내 마음에 문신처럼 새겨져 있던
그 이름.

한 갑자甲子 전
햇살이 줄줄 녹아내리던 7월 한낮
과외수업 마치고 우리는
학교 뒤 골목길에서 만났지.

책가방 위에 교복 벗어 놓고
너는 태권도 폼,
나는 어색한 권투 폼.
같이 온 그 선배는
시간 재던 심판.

검버섯 주름살 지울 수 없어도

웃는 눈매 보니
그때 그 멍들었던 눈매네.

한 세월 창고에 버려두었던
먼지 부연 기억들
우리는
닦고 닦으며 들쳤지.

골목길

오색 불빛에
노랑나비 되었다가
호랑나비 되었다가

골목길 모퉁이에서
손짓하는 청춘.

사랑해요.
사랑해요.

주저할 게 뭐가 있나요.
눈물은 눈물일 뿐.
한 시절 순백했던 사랑도
그냥 우스울 때가 있는걸요.

불빛 스러지고
달빛 그림자 져도
내 사랑은
아직 끝나지 않았어요.

기다리던 사람 아니라도
사랑해요.

소통은 되네

"공부 좀 해라,
밤낮으로 컴퓨터 앞에만 붙어 있지 말고."

"아버지, 하늘 천天 따 지地 천자문 외울까요?"

잠시 눈길 마주치던 아버지와 아들
함께 웃는다.

햇살 모아 주었구나

동짓달 아침에
분홍빛 제라늄 꽃 한 떨기
얼음 낀 창가에서
어떻게 지난봄 그 모습으로
다시 피어났는지.

꽃잎을 만지려다
그래,
구겨지고 때 묻은 마음으로는
안 되지.
보고만 있는데.

아내가 햇볕 가린다고
내 팔을 끌어당기네.

매일 햇살 모아 주었구나.

꽃구경

작년의 그 꽃밭 생각나
헐떡이며 산길 올라갔더니
꽃은 보이지 않고
마른 가지 끝에
눈곱 같은 꽃눈들만
꼬물거리고 있데.

치맛바람 흔드는
봄바람에 속은 거지.

헛걸음하고 등 돌리는
나 같은 사람들
참 많더라.

꽃밭 이야기

엄마 따라 영안실에 온 아이.
꽃 속의 사진을 보고
훌쩍이며 작별 인사를 한다.
"왕할머니, 안녕히 가세요."

뜬눈으로 새벽을 맞이해도
쉽게 가시지 않고
때로는 한여름 소낙비처럼
온몸을 적시기도 하는

그런 슬픔이 너에게도
찰랑이는 물결인 듯 와닿았느냐.

아이야,
슬픔은
사랑과 연민의 꽃밭에만 맺힌단다.

너의 슬픔도
네가 이미 가꾸고 있을
그 꽃밭 이야기 아니겠니?

나팔꽃

저들끼리 팔을 꼬아
허공을 기어오르려다
갈 길 못 찾아
떨어지고 떨어지며

입술 뾰족이 내밀고
말없이 쳐다보길래

철사 옷걸이 풀어
받침대 만들어 주었더니

오늘 아침에는
한 뼘이나 올라가
선홍색 꽃잎 펴 놓고
두 손 흔들데.

당신은요

생사의 경계선이
이쪽저쪽
눈앞에 아른거려
심기가 뒤틀린다고요?

당신의 걸어온 길
뒤돌아 생각해 봐요.

그 먼 길 오고도
오직 구정물 정수하고
부품 수리하러
여기 와 있잖아요.

비둘기들이 데모한다

어린이회관 지붕에 앉아
가을 햇볕 줍던 비둘기들이
갑자기 옆 전선줄로 옮겨가
대열을 이룬다.

윙윙거리는 전기톱 소리가
아파트 벽에 파편처럼
부딪치며 휘감긴다.
팔다리 다 잘리는 나무들은
전봇대처럼 죽은 듯 서 있다.

봄 되면 잎 나고 가지 자라
새집 된다고 하지만
쫓겨난 비둘기들은
당장 눈바람 피할 집이 없다.

대책 없이 톱질한다고
아침부터 하나둘 모이더니
침묵으로 항거하는 것이다.

쓰레기통

나는 지하철 화장실 옆 쓰레기통입니다. 버릴 곳 못 찾아 마음에 쑤셔 넣고 다니는 사람들에게 기다렸다는 듯 주머니를 열어 줍니다. 자, 이제 당신의 쓰레기 짐을 주십시오.

어제는 친자매 같은 두 사람이 지하철 계단을 내려가며 볼멘소리 하는 말 들었습니다. "온갖 궂은 말, 욕지거리 다 받아 주어야 하는 내 속마음이야 오죽하겠니. 내가 쓰레기통이냐, 무슨 하수구냐?" 그 사람 참 고생하고 있구나, 생각했습니다.

가는 길 옆에 나 같은 쓰레기통 있으면 광고지 마음껏 받으세요. 건네주려고 손 내미는 사람의 간청하는 눈길 애써 피하지 않아도 돼요. 마실 때는 전혀 생각조차 안 한 일회용 컵 어디다 버려요? 지나가는 사람, 몰래 구석에 두고 도망가듯 한 사람, 그 사람 기분이 홀가분할까요? 내가 먼저 옷깃 잡으면 "너 참 잘 만났구나" 하겠지요.

오가는 사람 없는 한밤중 혼자일 때는 신세타령도 하지만 괜찮아요. 사는 보람보다 더 소중한 것은 없어요.

안 봐도 되네

펼치면 잉크 냄새가
봄날 풀꽃 향기 같던
아침 신문.

활자와 함께 뛰어놀다가
출근 시간 잊을 때도 있었지.

요즈음은
이미 죽은 활자 더미.

옛정에 끌려
새벽마다 현관문 열지만
눈길 가는 기사 찾기 힘드네.

아침 숙제는
없는 거나 마찬가지.

휴대전화

"저 노선표 보세요."
"허허, 눈이 보인다면야."

버스가 줄 잇는데
정류장에 갇혀 있는 어르신.

손자뻘이나 될까.
휴대전화 꺼내더니
쉽게 탈출시켜 준다.

한강 미루나무

햇볕에 입술 반짝이며
생글생글 노래하다가,

파란 하늘에 잠겼다가,
때로는 늘씬한 허리에
바람 한 줄 감고
춤도 추다가,

말끔히 깎은 머리
뉘 집 총각인가.

물 위에 노을이 깔리고
어둠이 잔잔히 스며들면
한강 잔디밭 너른 품에 안겨
꿈속을 뛰노는
유월 미루나무.

한여름 지나면
또 비쭉 커서 모르는 척
인사도 하지 않겠지.

아파트 마을의 새벽

낙엽송, 상수리나무가
지친 노름꾼처럼
고개 떨구고 서 있다.

밤새 수다 떨다 가는
언덕 위 별들의 카페에는
아직도 지친 불빛이 깜박거리고.

눈뜨자마자
조잘대는 새들은
밤새 풀지 못한 사랑이
쌓여 있기 때문이다.

깎아지른 벽 사이로
눈 비비며 내려오는 자동차
아파트 마을의 문을 연다.

오늘 이 무대에는
또 어떤 연극이 펼쳐질까.

웃는 가면

부끄러움도 분노도 슬픔도
모두 가린
멍청한 웃음 가면 쓰고
뒤따라 다닌 하루.

히히거리며 웃다가
몇 번씩 치미는 목소리
"나도 사람이야,
바람 따라 팔 흔드는
허수아비가 아니야."

거울 훔쳐보며
내일도 또 가면을 써야 할까
생살을 꼬집어 보기도 하지만,

현관문 들어와
가지런히 놓인 신발들 보면
"여기 가면 쓰지 않고 사는 사람,
한번 나와 보라고 해."
큰소리치고 싶네.

4부

혼자 프르렀라네

아프지 마라 지구야

지구가 비틀거린다.
버린 공처럼 너덜거린다.
얼굴마저 검붉게 변했다.

너는 문명의 환각 주사에 취해
몸조차 가누지 못하는구나,
모래바람 휘몰아치는 이웃 별나라
그 황무지 닮아 가니.

상처는 날이 갈수록 더 깊어지네.
더위에 녹아내리다
갑자기 구멍이 뚫리는 하늘.

지구야
아프지 마라.
어떻게 해야 하니.

남태평양 섬나라 얘기

먼동이 트면 파도와 야자수가
노을이 지면 야자수와 파도가

만나고 헤어지며
헤어지고 만나던
하얀 모래밭.

천년의 사랑이
전설로 깔려 반짝이던
그곳.

이제는 부둥켜안고
울 자리도 없어졌다네.

바다가
그 섬을 다 먹어 버렸다네.

몰래 손만 흔들었네

방충망 붙들고
있는 힘 다해 날 부르네.
작년의 그 매미가
오늘 아침 찾아왔다.

거실을 뻔히 들여다보고
내 이름을 외치는 소리
한참을 숨어 보며
못 들은 척 못 본 척했네.

도시는 점점 더 숨 막혀
찾아오기도 힘들었을 텐데
내가 해 줄 일은 아무것도 없다.

몇 년이나 더
이처럼 눈감고 귀 막고
할 수 있을라나.

아파트 언덕 빈 하늘로
몰래 손만 흔들었네.

강바닥에 서서

푸른 물결이 볼 비비던 산기슭은
한낮 땡볕에
허연 몸뚱이를 내놓고 있다.
숲이 다 떨어져 나갔다.

핏기 잃은 물줄기만
간신히 구름 띄워 가네.
멱 감으며 놀던 강,
고향의 강.

멀리 말 탄 전령이
부연 먼지 일으키며 달려온다.
잡풀 듬성듬성 박힌 강바닥
늙은 버드나무는
끌려갈 날 스스로 안다며
머리 풀고 서 있다.

바람도 머물 곳 없는
고향의 강.

유랑

봇짐 싸 들고 가네.
살던 터전 잃고
한 조각 얼음덩이에 몸을 실었네.

갈 곳도 없는 곳으로
파도에 실려 떠내려가는 길
어미 곰은 고개 돌려
자꾸 아기 곰을 보고
아기 곰은 떨어질까 봐
어미 곰 젖가슴 파고들고.

검고 깊은 그 눈길들이
떠나지 않아
TV를 또 보아도
뒷소식은 없네.
곳곳에서 뜨겁다는
비명소리만 들리고.

얼음덩이 다 녹기 전에

갈 곳이라도 잡았는지.
껌벅거리는 눈동자만
어느 대양을 유랑하고 있는지.

간사한 도피

폭격 맞은 건물의 잔해에서
아이의 시신을 안고 나오는
아버지의 석고 같은 표정
눈물은 아무 의미가 없다네.

"세상살이 이제 겨우 시작인데,
내 아이가 무슨 죄를 저질렀습니까?"

아이들의 동그란 눈빛이
자꾸 가물거려도
가슴에 스스로 손톱자국만 낼 뿐.

간사한 도피인 줄 알면서도
TV 화면만 돌리네.

더울 거다

아파트 관리실에 난방 더 하라고
전화하려는데
놀러 온 손녀가
콧등의 땀을 닦으며
창문을 열려고 한다.

그래,
그때는 더웠지.
바짓가랑이에 고드름 달리고
양말 밑에 얼음 서걱거려도
더워서 입김 훌훌 불던 때는.

말문 겨우 연 손녀에게
또 졌다.

창문 열어 놓고
슬그머니 웃옷 하나 더 껴입었다.

나의 항복문서

1

죽은 아내가 집으로 돌아왔다. 옛 사랑이 복원됐다. 집 안을 이곳저곳 돌아다니며 일하는 가사도우미. 그들이 안방에도 거실에도 사람처럼 대답하고 말을 걸며 앉아 있다. 거리에 나서면 실수하지 마시라. 당신이 사람이요? 기계요? 구분하기 어려운 세상. 함께 어울려 산다고 생각해 보라.

2

공부는 무슨 공부? 컴퓨터만 잘 다루면 다 알려 준다. 자동차는 기사님 없이도 하늘을 날아다니고 세계 여행은 이웃 동네 산책길. 우주 공간에서 은하계의 사진을 보내 주며 안부를 묻는다.

3

디지털 시대의 거대한 파도가 눈앞에 출렁이는데 아무리 살펴도 간신히 보이는 것은 흰색 검은색 글자판뿐. 두 색깔 뒤에 숨은 무수한 시간과 공간에는 몇천 년 몇백 년 걸리던 문명의 전환이 불과 몇 년 만에 이루어지고 있다. 그 속도는 더욱 빨라져 어제의 일도 까마득한 옛일이 될 것이다. 방 안에서 문구멍으로 소리쳐 봐라. 도수 높은 안경을 겹쳐 써도 현대판 까막눈의 신세타령만 나올 뿐이다.

4

나는 더 이상 색 바랜 내 사전을 뒤적이며 아는 척하지 않겠다. 오랜 경전이 얘기한 인간 세상의 진실과 예지에 주석을 달지 않고 조용히 책장을 덮겠다. 유모차에 앉아 모바일을 갖고 노는 서너 살 아기들의 날렵한 손놀림을 보라.

5

항복한다. 하루아침에 다가와 내 앞에 우뚝 선 괴물. 살기 넘치는 눈빛으로 손을 흔들고 있는 독재자. 디지털 문명의 위력 앞에 무릎을 꿇는다. 헝겊으로 동여맨 내 인생의 장식은 녹슨 훈장에 지나지 않는다. 순응하며 감사해하는 것도 사는 방법이다. 노인좌석, 노인할인, 노인공제, 노인연금, 노인잔치 …

6

문자 함부로 보내지 마라 하더라. 서명 함부로 하지 마라 하더라. 유령이 내 호주머니 홀홀 털고 흔적 없이 사라진다더라. 전자 서명? 내 항복문서에는 당신이 대신해 다오.

빈터

철새 떠나가고
매운바람 부는
저 황량한 빈터.

유리조각 박힌 흙더미에
눈물 한 방울이라도 남아,

콩나물 같은 떡잎 두 개
쏙 밀치고 고개 드는
그런 날이 온다면.

버티겠네

새싹들은 삼월이 와도
찬바람에 고개 들지 못했고
봉오리 맺은 꽃은
사월 우박에 떨어졌고

한 계절도 못 가 질펀하게 깔리는
저 꽃잎들 봐.

잔인한 세월이 다시 와
등 밟히고 짓이겨져도
나는 당신들의 칼날에
순종하지 않겠네.

시들어 삭은 꽃자루라도
보듬을 수만 있다면
또 봄을 기다리며 버티겠네.

혼자 푸르렀다네

우리도 그랬다네.
쌕쌕이가 우박 같은 따발총을
퍼붓던 언덕배기
콩밭 골에 엎드려 있을 때

엄마 품 뛰쳐나가
오솔길 잔솔 나무 옆에
눈물 콧물 흘리며
서 있는 아이.
오뉴월 땡볕에 더위 먹어
얼굴 벌겋게 탄 아이.

엄마가 정신없이 달려 나와
세 살 된 나를 끌어안고
가쁜 숨 몰아쉴 때

땅 위에는
대포소리 총소리 요란해도
하늘은 구름 한 점 없이

혼자 푸르렀다네.

물방울 튀듯
등에 총을 맞은 아내.
아기는 쌔근쌔근
그 품에서 숨을 쉬더라는
목멘 얘기 우크라이나.

도시는 다 찢어져도
하늘은 구름 한 점 없이
혼자 푸르데.

백내장 수술

망설이던 백내장 수술을 했다.
세상이 더 밝아져 좋지만
집 안에는 먼지가 수북하고
얼굴에는 웬 잡티가 그렇게 많은지.

요즈음은
신문도 제목만 보면 돼.
뉴스도 오가다 흘려들으면 돼.

하루 종일 이어폰 끼고
이 얘기 저 얘기 파고들면
세상이 달라져?
사사건건 훑어봐야
쓰레기만 수북해.

화내는 일 말고는
뭐 할 수 있는 일이 있겠어.
등 돌리고 앉아 적개심만 키우지.

적당히 넘어가는 지혜도
나이 찬 사람의 지혜는
지혜야.

몽환

조령산 등마루에 걸려
비틀거리는 저 보름달을 봐.

단풍은 아침 햇살에
다시 불타오르는데
얼굴에는 푸른 물 얼룩지고
옷깃은 너절하게 찢어졌네.

나무도 바위도 개울물도
하얀 면사포 쓰고 경배하던
문경 새재 달빛 길.

황금 의자에 앉아
행차하던 당신에게
나도 무릎 꿇고 종이 될 것을
맹세했지.

참 어리석었네.
당신의 향기에 취해

나는 산속 가을밤을
몽환(夢幻) 속에 헤맨 거네.

바보들의 장터

황소 두 마리가
이마에 난 흉한 뿔 맞대고
싸움하고 있다.
죽기 아니면 살기
장터에는 핏빛이 돈다.

흥분한 구경꾼들도
죽기 아니면 살기다.
바보짓 보고 바보가 된
로마 사람들.
나도 주먹 들었다 놓았다
하는 로마 사람.

저녁노을 곱던
저 성스러운 전당은
언제부터인가
바보들의 장터가 됐다.

그럴 것이다

푸른 안개 비단처럼 깔린 오솔길에는
거미줄이 곳곳에 쳐 있다.
산새와 다람쥐들이 망루를 오가며
나를 감시한다.

새벽잠 덜 깬 벌레들은 풀숲으로 숨고
꽃들은 무서워 고개도 못 든다.

무지한 발걸음에 짓밟히는 산책길
나도 또 다른 침략자일 뿐.

오늘 아침에는 숲 향기만
주머니에 몰래 넣어 왔다.

장마철에

한낮이 컴컴해지더니
천둥번개 미친 춤에
비가 쏟아졌다.

상가 입구가 순식간에
물바다가 됐다.

어차피 소낙비니까
먹장구름 사이로
햇볕은 곧 나오겠지.

한바탕 휩쓸고
재빠르게 몸 숨길
허황한 위세지만
또 불안했다.

우산을 접어 챙기며
떼구름 몰려다니는
장마철 하늘을
계속 쳐다보았다.

정신 나간 사람들

핵전쟁이 무슨 동네 아이들
딱총놀이요?
아니면
축제의 날 불꽃놀이요?

끊임없이 뒤돌아보며 가는 저 강물처럼
남찬순의 시 세계

유성호 문학평론가

일상과 기원과 역사의 트라이앵글

남찬순의 세 번째 시집《나의 항복문서》(나남, 2024)는 사랑과 그리움의 오랜 시간을 소환하면서 내밀한 삶의 바닥^{bottom}을 그려 낸 기억의 풍경첩으로 다가온다. 그 기억으로부터 올올이 풀어낸 언어를 통해 시인은 존재론적 기원^{origin}에 관한 투명한 회상과 순연한 의지를 우리에게 흘려보낸다.

　또한 시인은 오랜 시간의 결을 매만지면서 삶의 고통과 기쁨에 대한 입체적 성찰과 반추 과정도 환하게 보여 준다. 이 모든 것이 감상感傷 과잉에서 훌쩍 벗어나 삶에 대한 담담한 의지로 이어지고 있다는 점이 퍽 인상적이다.

　아닌 게 아니라 남찬순은 '길'이라는 키워드를 일생 동안 질문한 시인이라고 스스로 고백하고 있다. 시인은 그 과정에서 아름다운 기억을 통해 삶의 만만찮은 굴곡을 거슬러 오르며 새로운 희망을 일구어 가려는 의지를 보여 준다. 이때 그의 언어는 은은하고 지속적인 내적 열정에 의해 발화되는 고유한 특성을 보이는 동시에, 내면에서 역동적으로 일고 무너지는 미학적 순간을 촘촘하게 부가해 간다. 그만큼 이번 시집은 삶의 구체적 조건 속에 불가피하게 찾아오는 난경難境들을 넘어서면서 삶의 지극한 원형을 찾아가는 미학적 페이소스pathos로 가득한 실존적 기록이라 할 만하다. 그리고 그 안에 담긴 페이소스의 형상은 '일상'과 '기원'과 '역사'의 트라이앵글로 짜여 있다 할 것이다. 이제 그 세계 안으로 천천히 들어가 보도록 하자.

삶의 심층을 유추하고
기억을 변형해 가는 현재형의 시공간

남찬순의 필법筆法은 자신이 살아가는 일상 세계를 일견 평화롭고 일견 역동적으로 바라보는 시선에 의해 마련된다. 시인은 사물을 응시하는 과정을 통해 하나의 시적 상황을 구성하면서 때로는 사물 자체를, 때로는 시인과 사물이 유추적으로 결속해 나타나는 순간을 정성껏 담아낸다. 이때 그가 만나는 일상의 장면과 소리는 삶의 심연을 암시하면서 시인의 남다른 감각을 보여주는 데 기여한다. 그리고 그는 생생한 감각으로 자신의 원체험을 복원하면서 그것을 일상과 결합하여 배열해 간다.

그 원체험의 결은 오랜 기억을 감싸면서 지속적으로 시인의 삶에 긍정적 충격과 자양을 공급해 준다. 이러한 원체험 속에서

그는 자기동일성을 유지하면서, 삶의 심층적 국면을 하염없이
바라보고 있는 것이다. 결국 그가 살아가는 일상은 삶의 심층을
유추하고 기억을 변형해 가는 현재형의 시공간인 셈이다.

너와 나는
눈밭에 나무들 듬성듬성 박혀 있는
산등성이를
곰 발자국 내며 올라갔다.

얼굴 할퀴는 바람에도
가파른 바윗길에도
가쁜 숨 함께 나누던
소백산 줄기 길.

창밖 성당 언덕에
빗자루처럼 쓸고 지나가는 바람
눈가루가 안개처럼 흩어진다.

소나무에 실린 잔설이
묏바람에 날리던
그 청춘의 겨울처럼

긴 세월도 뒤돌아보면
한순간이지.

종탑 옆에 혼자 서 있는
저 친구.

인연 싹둑 자르고 새벽길 떠난
저 친구.

여보게,
잘 지내시는가?

    – 〈안부〉 전문

  시인은 눈밭에 나무들 듬성한 산등성이를 오르던 '그때 우리'
의 기억을 떠올린다. 가파른 바윗길을 올라가던, 가쁜 숨 함께
나누던 소백산 줄기 길을 걷던 시절이다. '지금 나'는 창밖 성당
언덕에 불던 바람에 눈가루가 안개처럼 흩어지는 순간을 바라
본다. 그 청춘의 겨울에도 소나무 바람에 잔설이 날렸다.

  그리고 한순간에 그 긴 세월이 지났다. 시인은 "종탑 옆에 혼
자 서 있는" 친구와 "인연 싹둑 자르고 새벽길 떠난" 친구를 호
명해 본다. 여기서 '바윗길'과 '새벽길'은 삶을 교차한 도반들이
걸었을 청춘의 길이었을 것이다. 그들에게 건네는 모처럼의 안
부는 과거–현재의 순간적 결속이요, '지금 나'가 '그때 우리'에
게 건네는 동지적 말 건넴이다.

  그렇게 시인의 차분한 일상은 과거의 아름다운 흔적들로 구성
되어 간다. 그 모든 순간이 시인에게는 "늦가을 햇살에/ 눈부신
진주알 하나"(〈가을꽃〉)로 다가오는 시간의 변주 속에 영원하다.

  붉은 비단 감싼 노을 길 강가에 앉아
  서로 얼굴을 보며

한 세월의 이력을 읽습니다.

지나온 곳을 손가락으로 꼽으며
마음속 좌표를 이어 봅니다.
댓잎 위의 물방울처럼 옛일들이
도르르 맺히고 떨어지고
또 맺히고 떨어집니다.

물길은 더욱 빨라져
한 달짜리 달력도 하루 달력처럼
찢어 냅니다.
내일은 언제나 문 앞에 서서
세월에 빚 준 것처럼
독촉하고 있고요.

당신의
그 미소 속에 깔린
주름살을 헤아려 봅니다.

한세상 인연이 그림이군요.
영원히 흘러가도
우리의 작업은 끝나지 않을 겁니다.
붓을 놓지 않겠습니다.

  ─ 〈아내 칠순 날에〉 전문

  아내 칠순 날이 스스럼없이 세월의 흐름을 따라 찾아왔다. 한
강 둔치에 앉아 서로의 얼굴에서 읽는 "한 세월의 이력"은 강줄
기를 감싼 저 붉은 비단처럼 천천히 물들어 간다. 댓잎 위 물방

울처럼 맺히고 떨어지는 "옛일들"은 지극히 먼 곳에서 흐릿하지만, 앞으로 흘러갈 바다는 그렇게 멀지 않아 보인다.

세월은 무언가를 독촉하면서 빠르게 지나가고, 시인은 그저 칠순을 맞은 "당신의 미소" 속에 깔린 주름살에서 "한세상 인연"을 떠올린다. 아내와 함께 그린 그림이었을 그 "한세상 인연"을 마음에 두고 영원히 붓을 놓지 않겠다는 다짐은 과거-현재를 결속하여 '지금 여기'를 살아가는 일상의 아름다움을 담고 있다.

비록 '지금 여기'는 "돌아갈 수 없는 옛날의/ 향기"(〈오늘 그를 만나면〉)로 아득하지만, 그 향기는 오늘도 새록새록 오랜 기억을 관통하면서 시인의 마음에 도착해 있는 것이다.

대체로 기억은 자기충족적이지만 시인은 오랜 시간을 함께해 온 이들을 불러오면서 그 기억의 잔상殘像을 수많은 영혼의 파문으로 바꾸어 가고 있다. 시간의 실핏줄까지 채운 기억을 낱낱이 드러내는 역동적 동선動線이 그 안에는 참으로 가득하다. 모든 현상이 소멸해 가는 과정에서 시인은 삶의 궁극적 긍정으로 귀결해 간 것이다. 시간이 흘러가면서 처연한 빛을 뿌릴 때 그는 이 모든 것을 자연스런 순리로 받아들인다.

그리고 남찬순은 그것이 바로 삶을 가능케 한 역설의 토양이었음을 말한다. 더 정확하게 말하면, 소멸이 있어야 영원도 있지 않겠는가. 그러니 시인은 상실감을 느끼면서도 대상에 대해 아득한 그리움을 가지게 되지 않겠는가. 그 그리움으로 삶의 심층을 유추하고 기억을 변형해 가는 현재형의 시공간이 결국 '시인 남찬순'의 일상인 것이다.

존재론적 기원으로서의 고향

또한 시인은 존재론적 기원으로서의 고향을 호출하는 애틋한 모습을 줄곧 보여 준다. 원형적 대상에 대한 가없는 마음을 노래하는 것이다. 원래 그리움이란 대상 부재에 의해 생겨나는 일종의 결핍감을 말한다. 대상에 대한 애착을 숨기고 있지만, 강렬한 욕망과는 전혀 다르게, 이제 그 대상과 함께할 수 없다는 안도감이 그 안에 담기게 마련이다. 그래서 그리움은 삶의 항구적 형식으로 존재할 뿐, 대상에 대한 실제적 만남을 욕망하지 않는다.

　남찬순 시인은 이러한 그리움의 불가피성과 항구성을 통해 전형적 서정시인으로서의 단정하고도 견고한 매무새를 보여 준다. 그만큼 남찬순의 고향 시편은 지나온 시간에 대한 순간적 기억의 재구성이라는 과정을 거치면서 일종의 존재론적 기원을 찾아가는 일관성을 보여 준다 할 것이다.

　누구에게나 되돌아가고 싶은
　옛날이 있지.
　손 내밀며 어서 오라고 끄는 것 같은
　그런 옛날이.

되돌아갈 수 없는 길이라고
마음 버리면
당신의 밤은
무슨 의미가 있는가.

끊임없이 뒤돌아보며 가는
저 강물을 보게.
꿈길로 흘러가는
저 노을 젖은 강물을.

  - 〈귀향〉 전문

시인이 상상하는 귀향은 "되돌아가고 싶은/ 옛날"을 향한 것이다. 고향은 공간적 함의를 띠지만, 그것을 시간적 차원으로 번안하면서 시인은 "손 내밀며 어서 오라고 끄는 것 같은/ 그런 옛날"로 귀환하려고 한다. 물론 귀향의 길을 두고 "되돌아갈 수 없는 길"이라면서 마음을 버리면 무수한 "당신의 밤"은 무의미해질 것이다. 그래서 귀향의 길은 끊임없이 뒤돌아보며 가는 저 강물처럼, 꿈길로 흘러가는 노을 젖은 강물처럼, 사라져 버린 옛날로 오래도록 걸어가는 사랑과 그리움의 길인 셈이다. 부재함으로써만 현존하는 아득한 시간이 거기 놓치고 있을 것이다.

그렇게 남찬순 시인은 "색 바라고 귀퉁이 찢어지고 손때 묻어 있는 푸른 날의 사진"(〈망각의 길〉)처럼 아름답지만 이제 사라져 버린 시간을 품으면서 "천년의 사랑이/ 곱게 깔려 반짝이던/ 그곳"(〈남태평양 섬나라 얘기〉)을 향해 끝없는 귀향의 길을 걸어간다.

나는 알고 있네.
그대가 눈짓하지 않아도.

가을 해 지는 날이면
하늘이 가라앉는 소리를
새들이 몰려다니며
아우성치는 소리를
나도 듣고 있네.

내 마음은 이미
종이처럼 구겨지고
깡통처럼 오그라졌지만
그 길 가려면
그래도 더 비워야지.

풍경 소리 앞세우고
쉬엄쉬엄 산골 개울물 따라
찾아가는 고향 길.

가다 보면
또 눈물 고이겠지.
비우고 비우며
올라가야 하겠네.

  - 〈그 길 갈 때〉 전문

이번에 가는 '그 길'은 한결 더 존재론적이다. 가을 해 지는
날 시인은 '그 길'에서 하늘 가라앉는 소리와 새들 아우성치는

소리를 듣는다. 이미 마음은 구겨지고 오그라들었지만 그래도 더 많이 비워야 갈 수 있는 길임을 그는 잘 알고 있다. 그렇게 쉬엄쉬엄 풍경 소리 앞세우고 산골 개울물 따라 찾아가는 '고향 길'은 마음 한구석에 눈물 고인 채 더욱 비우며 올라가는 길이 아닐 수 없다.

그러니 '그 길 갈 때'는 미래의 일이지만 벌써 우리 안에 와 있는 순간이기도 할 것이다. '고향 길'은 결국, 앞에서 본 '귀향의 길'처럼, "꿈길로만 갈 수 있는"(〈파랑새야, 꿈길 고향으로 가자〉) 곳을 환기해 준다. 그리하여 '그 길'은 반어적으로 빛나고 있다.

이처럼 시인은 이번 시집에서 한결같은 그리움을 구상화하면서 거기에 아름다운 미학적 의장意匠을 부여해 간다. 특별히 고향에 대한 귀환 의지를 통해 스스로의 내면을 구성해 가는 모습이 유니크하다. 기억을 통과하지 않고는 주체를 경험적으로 회복할 수 없다는 점에서 그의 시는 이렇게 기원에 대한 기억을 펼쳐 가는 현장으로 존재한다. 그에게 기억이란 지금 남아 있는 과거 풍경이자 그때의 한순간을 구성해 낸 힘이기 때문이다.

이처럼 남찬순 시인은 시간의 흐름을 움직일 수 없는 실존적 형식으로 받아들이면서 거기서 비롯되는 유한자有限者로서의 자기확인을 잔잔하게 수행해 간다. 그래서 그의 부재감은 절망으로 빠져들지 않고 세계의 내적 존재로서의 인간이 가지는 고유한 긴장으로 안착하게 된다.

그렇게 그는 일회성과 반복 불가능성을 본질로 하는 근대적 시간관時間觀에 저항하면서 근원적 시간의 가능성을 탐사하고 있다. 그를 끊임없이 돌아가게 하는, 존재론적 기원으로서의 고향이 그러한 힘으로 존재하는 것이다.

'그때 그곳'에서 다시 '지금 여기'로

그런가 하면 남찬순 시인은 사람살이의 구체적 현장에 대한 선연한 기억을 톺아 올리기도 한다. 사실 이 시대에 우리가 아직도 느리고 단아한 서정시를 읽고 있는 것은 독자의 열망이 그 안으로 투사投射되어 시인의 언어와 조우하면서 생기는 창조적 힘 때문이다. 서정시는 그 안으로 들어가 언어와의 일체를 꿈꾸는 독자들의 욕망에서 그 역설적 가치를 실현할 것이기 때문이다.

또한 서정시는 우리 삶에 편재遍在하는 불모성을 치유하고 새로운 소통 가능성을 꿈꾸게 하는 기능을 선사하기도 하는데, 그때 가장 중요한 것이 바로 우리가 살아왔고 지금도 살아가는 삶의 구체적 장면에 대한 해석이다.

시인은 그렇게 불모의 역사 한순간을 서정시의 안쪽으로 불러들여 우리를 치유의 가능성으로 이끌어 간다.

그곳에 가면
너는 울지 마라.

피맺힌 한 생애야
백발 머리 맞대고

한 올 한 올 꿰매 놓았지만
가슴속 묻어 둔 얘기는
허명虛名에 출렁거리고

무명옷 흥건히 적시던 눈물
고운 얼굴 찢어 놓던
그 눈물조차 바람에 실려
함께 껴안을 수 없으니

울컥울컥 울음 치솟아도
몰래 삼키며
비석처럼 서 있다 그냥 가거라.

오백 년 느티나무 손가락질하는
총독 관저 저 허망한 빈터
더럽혀진 역사를
누구 탓만 할 수 있겠느냐.

혼자 통곡하며
오솔길 찾아 내려가거라.

      – 〈그곳에 가면〉 전문

    이번에 시인은 서울 남산에 있는 '기억의 터'를 '그곳'으로 호출했다. 피맺힌 생애들은 백발 한 올 한 올을 꿰매 놓은 것으로 남았지만, '그곳'에는 아직도 가슴속 묻어 둔 얘기로만 출렁거린다. 무명옷 적시고 고운 얼굴 찢어 놓던 눈물은 바람에 실려 함께 껴안을 수 없기 때문이다.

그러니 시인은 울지 말고 비석처럼 서 있다 그냥 돌아가라고 한다. 총독 관저 빈터와 어두운 역사를 뒤안길로 보내고 "혼자 통곡하며/ 오솔길 찾아" 내려가라고 함으로써, 우리 근대사의 한 컷을 역설적 선명함으로 불러들인다. 여기서 울지 말라는 권면은 '지금 여기'에서 그 눈물을 기억할 수밖에 없다는 역설을 승인하는 표현일 것이다. "홀로 걸어가는 망각의 길"(〈망각의 길〉)을 거슬러서 말이다.

서울역에서 밀려오는 파도가
태평로를 덮치며
광화문 네거리에 쏟아졌지.

눈물가스가 아스팔트 위에
이불처럼 깔리면
빌딩 사이사이로 흩어졌다가
다시 함성을 지르며
대오를 맞추던 청춘들.

사십 년 전 어느 날의
내 취재 노트에는
경찰버스 안에서 허기를
때우던 같은 또래 전경들
그들의 엇갈린 얘기도
함께 실려 있데.

이제는 어디선가 모두
격정의 날들을 되돌아보며
푸르던 나이를
노을에 적시고 있겠지.

시청 앞 광장도
6월의 싱그러운 바람결에
짐짓 책장을 덮네.
   – 〈6월의 광장〉 전문

'6월의 광장'은 어떠한가. 서울역의 파도가 태평로와 광화문
으로 이어지던 그해의 기억을 시인은 끌어들인다. '눈물가스'
며 '아스팔트', '함성'의 세목들이 사십 년 전 젊은이들의 어느
날을 불러온다. 그때 시인의 '취재 노트'에는 경찰버스에서 허
기를 때우던 또래 전경들의 엇갈린 청춘 얘기도 실렸다.

이제 그들은 어디선가 그 "격정의 날들"을 돌아보며 청춘의
나이를 노을에 적시고 있을 것이다. 그날 함성의 집결지였던
"시청 앞 광장"도 6월의 싱그러운 바람결에 책장을 덮고 있는
이즈음, "꽃잎 같은 미소를 지으며"(〈에피소드〉) '지금 여기'의
세계는 역설적으로 푸르기만 하다.

이처럼 남찬순 시인은 발화 대상에 대한 역사적 이해를 바탕
으로 그 순간과 화해하고 일체감을 형성해 간다. 우리가 그의
시를 통해 현실에서는 불가능한 일종의 존재 전환을 꿈꿀 수
있다면, 일상적이고 물리적인 현실을 벗어나 전혀 다른 곳으로

이동할 수 있다면, 이러한 생성의 순간 때문이라고 할 수 있을 것이다. 그리고 그렇게 이루어진 시적 경험은 역사적 상상력을 통해 '그때 그곳'으로 흘러갔다가 다시 '지금 여기'로 돌아오는 과정을 어김없이 밟아 간다. 이러한 과정에서 시인이 노래하는 구체적 현장에 대한 선연한 기억은 단연 빛을 발하고 있다.

현실과 상상 사이의
긴장에서 발원하는 신생의 의지

우리가 천천히 읽어 온 것처럼, 남찬순 시집 《나의 항복문서》는 지나온 시간에 대한 기억의 복원에 매진하면서 스스로를 돌아보는 성찰의 기록으로 우뚝하다. 지난 역사를 재현하는 차원이든, 순결했던 지난날을 추억하는 차원이든, 시간 자체를 탐구하는 차원이든, 그는 남다른 시간적 경험과 해석 과정을 아름답게 수행해 간다.

　그만큼 시인은 사라져 간 대상에 대한 그리움과 삶에 대한 반성적 사유를 통해 자신의 몸에 깃들인 시간의 본질을 지속적으로 탐구해 간다. 현실에서 가닿을 수 없다고 여겨지는 순수 세계는 그러한 탐구와 열망 속에서 비로소 몸을 열어 준다. 그렇게 이번 시집은 쓸쓸한 존재자들에게 보내는 사랑의 마음과 아름다운 기억을 보여 준 뚜렷한 범례範例로 한동안 남을 것이다.

　결국 우리는 시인의 중요한 음역音域 가운데 하나가 낱낱의 존재자들에 대한 아름다운 기억과 그것의 심미적 형상화에 있다고 말할 수 있다. 세심한 감각적 재현 외에도 그는 사물들을 삶에 대한 해석 대상으로 활용하면서 삶의 구체적 국면과 연관성을 가지게끔 구성해 간다. 그 점에서 그의 시는 사물을 관조하는 데 머물지 않고 그것을 시인 자신의 삶이 투사된 상관물로 만들어 가고 있다.

대개 좋은 시는 현실을 순간적으로 드러내면서도 그것을 넘어설 수 있는 상상적 대안 질서를 마련하여 상상과 현실의 접점을 언표하게 마련이다. 그것은 우리를 둘러싼 불모의 현실과 그것을 넘어서려는 상상 사이의 긴장에서 발원하는 신생의 의지를 구현하기 때문이다.

이번 시집이 보여 준 이러한 상상과 현실 사이의 자의식은 사라져 간 것들의 복원을 가능케 하는 마음으로 출렁이면서, 시인 스스로를 완성해 가는, 호환할 수 없는 기율로도 오랫동안 작용할 것이다. 그는 우리 시대의 불모성에 대한 유력한 항체를 만들어 냄으로써 사라져 간 것들의 새로운 존재론을 탐색하고 그 위에 자신만의 고전적 사유를 얹은 것이다.

끊임없이 뒤돌아보며 가는 저 강물처럼 빛나는 성취를 이룬 이번 시집을 딛고 넘어서면서, '시인 남찬순'의 향후 도정이 더 아스라한 미학적 진경進境으로 이어져 가기를, 마음 깊이 소망해 본다.

바람에게 전하는 안부

남찬순 지음

영원한 이별들의 교차로 위에서 쓴
눈물의 시집

언론인 출신 시인 남찬순의 두 번째 시집.
황혼의 시간, 되돌릴 수 없는 이별이
교차하는 길 한복판에서 눈물로 쓴
시의 묶음이다. 애이불상(哀而不傷),
슬퍼하되 상하지 않는다.
그럼에도 불구하고 시인은 눈물로
끝마치는 것이 아니라 그 너머로
사랑과 희망을 향한다.

46판 변형 │ 192면 │ 12,000원

저부실 사람

남찬순 지음

꿈같은 고향 '저부실'로 가는 길

남찬순의 첫 시집.
언제나 그리운 고향 경북 문경
저부실로 당신을 초대한다.
시인이 삶을 틔운 고장의 달, 바람,
새싹, 꽃 그리고 흙냄새까지….
삶의 저물녘에 이른 시인이 담담한
어조로 모든 생명을 품는 넉넉한 공간
저부실을 펼쳐 낸다.

46판 │ 232면 │ 10,000원

Tel. 031-955-4601
www.nanam.net

나남
nanam

아침산책

김용택 에세이

**평범한 일상 속 빛나는 장면을 건져 올리는
맑은 영혼의 서정시인 김용택의 신작 산문**

"받아적으니, 시가 되었다"
자연의 소리들로 그득한 산책길에서 사랑의 말을 찾다.
봄에서 겨울로, 다시 봄으로 이어지는 사계절 순환을 천진한
눈길로 바라보는 시인의 시선이 담박하고 정겹다.

신국판 변형 | 260면 | 16,800원

Tel. 031-955-4601
www.nanam.net 나남
nanam